LA
SENTENCE
PAR CORPS,
OBTENVE PAR PLV-
sieurs femmes de Paris, contre
l'Autheur des caquets de l'A-
couchée.

A PARIS,

Chez le Baron de l'Artichaux,
demeurant au Royaume d'E-
cosse à l'enseigne du cail-
loux de bois.

M. DC. XXII.

LA SENTENCE
par corps, obtenuë par plu-
sieurs femmes de Paris, con-
tre l'Autheur des caquets de
l'Accouchée.

Tous ceux qui ces
presentes lettres
verront, Gautier
Garguille Gentil-
homme ordinaire de la Chá-
bre, & garde de la place de
l'Isle du Palais à Paris.

Sur la requeste faitte en
nostre Audience de la place
de l'Isle du Palais par

Mondor, parlant pour
discrette & honorable per-

A ij

sonne le sieur Tabarin demandeur en reparation d'in-
jures ou inuectiues selon l'interuention par luy faitte auec
Pierre du Puis, parlant pour
les femmes & bourgeoises
de cette ville de Paris, com-
plaignantes pour raison des
faits mis en auant par les caquets de l'accouchée, impri-
mé & publié en cette dite ville de Paris, cóme le sieurde
Decóbes parlát pour Grattelart Autheur desdits Caquets,
defendeur & oppsant, & en
vertu du defaut donné contre ledit Pierre du Puis audit
nom : Apres auoir ouy ledit
Mondor audit nom , qui
nous a remonstré que mal à

propos indifcrettement &
contre la regle de toute fo-
cieté humaine, ledit Grattelart auoit fait efcrire en fes
Caquets, plufieurs paroles
fcandaleufes & iniurieufes,
& qu'il en requeroit reparation. Et ledit Pierre du Puis
pour lefdites complaignan-
tes, parties principales, a conclud pareillement à ladite reparation , & adiouftant à
icelle à requis, códemnation
de tous defpens dommages
& interefts. Nous auons có-
demné & condemnons ledit
Grattelart, à declarer en pre-
fence du Crocheteur de la
Samaritaine & du Iacque-
mart du clocher de l'Eglife de

fainct Paul , que mal à propos indifcrettement & fans
raifon il a fait efcrire & pu-
blier aux Caquets de l'accou-
chéee plufieurs paroles iniurieufes & fcandaleufes contre l'honneur des femmes, lef-
quelles par elle feront rayées
& biffées, & qu'il en deman-
de pardon aufdites femmes
& bourgeoifes de Paris , &
à Tabarin audit nom , les
fuppliant vouloir oublier
lefdites iniures & fcãdales: &
outre condamnons ledit
Grattelart és defpens dommages & interefts : En tef-
moin de ce , nous auons fait
mettre noftre fceau ordinaire de ladite place. Ce fut fait

& donné en ladite Audience
par Iehan Farine, tenant le
siege le Mardy vingt & dou-
ziesme du presét mois. signé,
GROS GVILLAVME.

Coppie d'interuention.

AViourd'huy trois cens
soixa▮▮ & sixiesme iour
de la presente année, est có-
paru en chair & en os Iehan
de la Vigne, fondé de Pro-
curation authentique à luy
passée par le discret & sage
en teste le seignor Tabarino,
lequel a declaré qu'en con-
sequence de ladite Procura-
tion il desiroit estre receu.
Partie interuenante au procés; meu, indecis & pendant
où accroché, entre & au mi-

lieu de Grattelart Autheur des Caquets de l'Accoûchée, & les bourgeoises qui se formalisent & scandalisent pour y proposer ses defenses comme d'abus, & pour ce faire a constitué son Procureur generalissime : Ledit la Vigne auquel a donné tout pouuoir deça & delà l'eau, dont ledit la Vigne a requis lettres & a signé au regiftre.

figné, *Gros Guillaume.*

SENTENCE SVR *l'interuention.*

A Tous ceux qui ces preséptes lettrés verront, Gautier Garguille Gentil-homme ordinaire de sa Chambre, & garde de la place de l'I-
fle

ſle du Palais à Paris.

Sur la Requeſte faicte en
noſtre Audience de ladite
place de l'Iſle du Palais, par
Montdor par-
lant pour diſcrette & ſage
perſonne le ſieur Tabarin
demandeur en interuention
auec les femmes & Bour-
geoiſes de Paris, contre Gra-
telar Autheur des caquets de
l'Accouchee: Decombes parlant pour luy, apres que ledit
Montdor audit nom a re-
monſtré auoir grand intereſt
d'interuenir en ladite cauſe,
pour les cauſes qu'il eſt preſt
deſduire, & que ledit De-
çombes audit nom, a ſouſte-
nu: Au contraire, nous auons

B

receu & receuons ledit Tabarin partie interuenante au
procez d'entre l'Autheur des
caquets de l'Accouchee, &
les femmes & Bourgeoises
de Paris: Et ordonnons que
dans le premier iour il bail-
lera les causes d'interuention
pour estre ordonné sur icel-
les ce que de raison.

Causes d'interuention.

Causes d'interuention
que met & baille par
deuers vous Me Garguille
garde de la place de l'Isle du
Palais à Paris.

Le sieur Tabarin deman-
deur en interuention auec
les femmes & bourgeoises
de la ville de Paris.

Contre le sieur Grattelart
defendeur & opposant.

A ce que pour les raisons
qui seront cy-apres desdui-
tes, il soit dit par vous, Mon.
sieur que ledit Tabarin sera
receu, partye interuenante
aux procés, & obtiendra à
ces fins, auec condemnation
de tous despens dommages
& interests.

Il est à remarquer que le Sr.
Grattelart est homme fort
suiet à mesdire des actions
d'autruy, & surtout il paroist
és Caquets de l'accouchée
qu'il a fait imprimer tout
nouuellement au scandale &
dommage de la bóne renom-
mée des femmes & bour-

geoiſes de cette ville, leſquel-
les eſtans aduerties ſe ſont
voulu formaliſer & particu-
lierement la femme du ſieur
Tabarin, lequel s'eſt bien
voulu ioindre en la cauſe &
prendre le fait pour elle, at-
tendu qu'il eſtoit intereſſé en
l'affaire.

Et de fait, il ſemble qu'elle
a iuſte cauſe de remonſtrer
que ſon mary n'eſt point
charlatan & qu'il ne le fut iamais, & que l'on ne ſcauroit
faire eſcrire qu'elle ſoit femme de charlatan ſans offen-
ſer l'vn & l'autre, dont elle
pretend auoir reparation qui
ne luy peut eſtre deſniee, ſauf
correction, premierement

pour ce que la bonne vie de
l'vn & l'autre est notoire à
tout le monde, & est à naistre
le premier qui les puisse re-
darguer du moindre crime
ou malfaict.

Secondement pour autant
que ledit Gratelart a mali-
cieusement faict escrire qu'i-
celluy Tabarin est cocu &
cornard, ce à quoy il n'a iamais songé & qui ne se sçau-
roit passer sans son interest
ou dommage.

En troisiesme lieu, pour
autant, que ledit Tabarin ne
fust iamais capable de cornes
que de celles qui sont en son
bonnet, encores luy sont el-
les odieuses, au moins dict-

il qu'il ne les tient que comme gaige, & pour celuy qui
en aura affaire.

En quatriefme lieu, il vous
remonftre que les cornes ne
luy font deuës que pour en
faire part aux marchands, &
de vray Gratelart en aura à fa
difcretion de telles qu'il luy
plaira.

Partant conclud ledit Ta-
barin comme deffus, & defpens dommages & interefts.

Coppie de la Requefte prefentee
au fieur Garguille, de la part
des hommes & Marris
dont les femmes ont efté
fcandalifees par lefdits
Caquets.

SVpplient humblement les Maris des femmes ſcandaliſees par les caquets de l'Accouchee, diſans qu'ils ont eſté aduertis qu'il y à procez meu, indecis & pendant par deuant vous entre leſdites femmes & le ſieur Gratelart autheur deſdits caquets pour raiſon des iniures inuectiues & ſcandales qui y ſont eſcrits, leſquels regardent les ſupplians qui ont beſoin de voſtre prouiſion. Ce conſideré Monſieur il vous plaiſe ordonner que leſdits ſupplians ſeront receus parties interuenantes audit procez auec leſdites femmes, icelluy Tabarin & ledit Grate-

lart lequel fera à cefte fin auf-
fi affigné pardeuant vous
mefmes pour ordonner en
outre ce que de raifon &
vous ferez iuftice. Au bas eft
efcrit, qu'on donne affigna-
tion & c.

FIN.